LES EXILÉS

DU PARNASSE.

LES EXILÉS

DU PARNASSE,

DIALOGUE SATYRIQUE;

SUIVI

DE MES ADIEUX A LA SATYRE,

ET D'UNE POSTFACE,

Par MARIE EM. G. DUCHOSAL.

Hoſtibus infeſtus , ſed ſim jucundus amicis.

SOLON in Stobeo.

A AMSTERDAM,

Et ſe trouve A PARIS,

Chez HARDOUIN & GATTEY, Libraires , au
Palais Royal , n°. 14.

M. DCC. LXXXVI.

AVIS TRÈS-COURT.

ON trouve encore chez les Marchands de Nouveautés quelques Exemplaires de *Mon Songe*, Satyre imitée du Grec de Lucien, & les *Senſations d'un Homme de Lettres*, par M. E. G. DUCHOSAL.

On trouve auſſi BLANCHARD, Poëme qui va reparoître, augmenté de deux Chants nouveaux.

Nota. Je prie les perſonnes qui me feront l'amitié de lire les *Exilés*, de vouloir bien jetter auparavant un coup-d'œil ſur ma *Poſt-face*,

PRÉFACE.

Vouloir à dix-neuf ans renverſer les idoles littéraires, c’eſt peut-être paſſer les bornes de la témérité. Mais n’importe, je ne cherche pas le nombre des approbateurs; je n’ai eu d’autre intention que de venger le goût. Quand mes compatriotes ne rougiſſent pas d’encenſer les mauvais Ecrivains, je ne dois pas craindre d’attaquer des Dieux qu’ils réverent aveuglément, & qui ne ſont que des mortels très-vulgaires.

> Un culte ſi nouveau ne peut durer toujours.
> Des caprices de l’homme il a tiré ſon être ;
> On le verra périr, ainſi qu’on l’a vu naître.
>   VOLTAIRE, *Henriade*, *Chant I.*

INTERLOCUTEURS.

DAMON, enthousiaste.
L'AUTEUR.

LES EXILÉS
DU PARNASSE.

JE fais, pour me contraindre, un effort inutile,
Les défauts de mon siecle échauffent trop ma bile.
Tout choque mon esprit, tout offense mes yeux,
Je suis las de garder un silence honteux.
On laisse au vil clinquant un redoutable empire ;
Pour terminer son règne, il faut une Satyre.
Puisque le mauvais goût, encensé des mortels,
S'est fait, avec orgueil, ériger des autels,
Puisqu'enfin les François accordent leur suffrage
A l'Auteur criminel du plus honteux Ouvrage,
Et que loin d'étouffer ce serpent corrupteur,
On ose le nourrir & de gloire & d'honneur,
Je répandrai sur tout le fiel qui me consume,
Et n'arréterai plus les efforts de ma plume.
Que l'on approuve, ou non, l'audace de mes vers,
Que l'on me traite d'homme & jaloux & pervers,

Que chaque Auteur nommé contre moi fe déchaîne,
Peu m'importe : les noms qu'aura cités ma haine,
Abforbés fous le joug de la févérité,
Mourront peut-être enfin chez la poftérité,
Et ces vers qu'aujourd'hui l'on vante avec emphâfe,
Rougiront chez Bertin d'envelopper la gaze.

Qui trouble en ce moment mon paifible réduit ?
Jufte ciel ! c'eft Damon, ce fade bel efprit,
Que l'on voit, grafféyant dans un cercle de femmes,
Sans peine imaginer d'antiques Epigrammes.

D A M O N.

Bon jour donc notre ami..... Quel eft cet air rêveur ?
Allons, je n'aime pas cette mauvaife humeur.
Vîte, de la gaité ...... Si quelque cataftrophe......
Ah ! je vois maintenant, Monfieur eft philofophe.

L' A U T E U R.

Arrête-là, Damon ; quel mot prononces-tu ?
Ufe avec tes pareils d'un ftyle rebattu.
Je vois, avec douleur, que ce titre eftimable
Se prodigue aujourd'hui même au plus méprifable.
Tout homme qui n'eft pas vil ou déshonoré,
De ce beau nom de fage eft bientôt décoré.
Nos Modernes Platons font efclaves du vice,
Et baifent en tremblant la main de l'injuftice (1).

---

(1) Vers imité de la mort de Céfar, Tragédie de Voltaire.

Ils dépriment, chez eux , les Princes & les Grands

Dont ils font, chaque jour, les lâches Courtifans.

Un fophifte va-t-il careffer la foibleffe

De ces mêmes Seigneurs qu'il ravale fans ceffe ?

Vit-on jamais Rouffeau, d'un flatteur compliment

Bercer un Financier, qui n'étoit qu'opulent ?

Le fage doit montrer une mâle affurance ,

Dire la vérité, même quand elle offenfe ;

Il ne hafarde pas un ridicule mot :

Qui ment, eft un infâme, & qui flatte, eft un fot.

Voyoit-on, en public, les anciens philofophes

Avec pompe étaler de nouvelles étoffes,

Affecter, en parlant, un difcours féminin ,

Et vanter la pudeur d'une indigne catin.

Dans ces jardins publics où la fiere opulence

Promene mollement fon oifive indolence ,

Voyoit-on Théophrafte (1) artiftement coëffé

Mandier les regards d'Alife ou d'Urifé.

De ce nom maintenant ne fais donc plus ufage ,

Pour fauver les déhors , l'homme en eft-il plus fage ?

---

(1) Théophrafte, c'eft-à-dire , homme dont le langage eft divin. Ce fut le nom qu'Ariftote donna à Tyrtame , fils d'un Foulon , & natif d'Erèfe , ville de Lesbos. Tyrtame fut d'abord Difciple de Leucippe , enfuite de Platon , & delà il devint celui d'Ariftote. Il écrivoit vers la CXV Olympiade , 314 ans avant l'ère chrétienne , & étoit un des plus grands Philofophes de fon tems.

D A M O N.

Ton difcours, cher ami, captive ma raifon.
Dis-moi, que traçois-tu fur ce mauvais chiffon ? .....
Des vers, encor des vers ! ....

L' A U T E U R.

Qu'as-tu donc tant à rire ?

D A M O N.

Et quel eft ton ouvrage ?.... Ah !.... C'eft une Satyre.
Parbleu ! le genre eft neuf ; tu pourras réuffir.
Quel démon t'a foufflé ce funefte defir.
Infenfé ! quand Regnier (1), Defpréaux & Moliere
Ont fu ftérilifer cette vafte carriere ;
Prétendrois-tu monter fur le trône épineux
Qu'occupoient en tremblant ces monarques fameux.
Que n'ont pas épuifé ces Ecrivains fublimes ?
Ils n'ont à leurs neveux laiffé que des abîmes ;
Et toi, qui vis à peine & le monde & fes mœurs,
Tu voudrois imiter ces illuftres rimeurs !
Va, va montrer ailleurs un Ecrit qui m'affomme :
Confulte tes amis, audacieux jeune homme,
Qui, follement jaloux d'un féducteur encens,
Habille en nouveau ftyle un Auteur du vieux tems.

L' A U T E U R.

Hola ! Monfieur Damon, arrêtez, je vous prie :
Permettez un inftant que je me juftifie.

---

(1) Poëte fatyrique qui vivoit fous le regne de Louis XIII.

De nos Aliborons le cortege orgueilleux
Inonde tout Paris de Livres ennuyeux,
De vers, où la raiſon ſouffre autant que la rime,
Où l'on ne voit jamais cette chaleur ſublime
Qui jadis inſpiroit le tendre Colardeau,
Le naïf La Fontaine , & le brûlant Rouſſeau.
On vante avec fureur un Ecrivain frivole ,
Et du plat Vaudeville aujourd'hui l'on raffole.
Qu'avons-nous maintenant ? De minces profateurs,
Même indignes du nom de verſificateurs.
Pour cueillir des lauriers dans la Littérature
Suffit-il d'alourder (1) l'inutile Mercure
D'une épître à l'ami que l'on n'a jamais vu ,
Ou de quelque rondeau dès long-temps rebattu.
Pour un pinceau hardi voilà des traits propices.
Quel plaiſir de fronder & l'homme & ſes caprices,
De ridiculiſer un folichon ambré,
Vulgairement connu ſous le titre d'Abbé,
Promenant tout le jour ſon ennui dans la ville,
Bon meuble de toilette, à l'Etat inutile ,
Inutile à lui-même , importunant autrui ,
Jamais préſomptueux , jamais fat à demi,
Ameutant chez Cloé, déjà ſexagénaire,
Pour lui donner le ton, un eſſaim littéraire :

----

(1) Alourder, eſt un vieux mot qui ſe trouve dans les Sa-
tyres de Regnier. Il ſignifie ſurcharger ; mais il eſt beaucoup
plus expreſſif.

De confondre en mes vers l'impertinent Damis
Qui se croit, quoique blême, un nouvel Adonis,
Et paſſe avec fierté devant chaque boutique,
En diſant : *Regardez, que je ſuis magnifique !*
De jouer, en un mot, ce Clerc de Procureur -
Qui déſerte Cujas, pour être un ſot Rimeur.
Ce n'eſt pas tout encor. Une troupe ſévère
Vient donner tous les jours ſon avis au parterre,
Et là mille cenſeurs, pindariſant leurs mots,
Font jurer le mérite, & rire tous les ſots.
C'eſt à leur tribunal que l'on vieillit Moliere,
Qu'on dédaigne Racine, & qu'on vante L*** ;
Corneille eſt dans leur bouche un vain déclamateur,
Qui fatigue l'oreille, & touche peu le cœur ;
Nivelle pleure trop, & Fagan eſt trop ſage :
Pyrrhus (1), à leur avis, eſt un mauvais ouvrage,
Ch*** oſa l'écrire, on oſe l'imprimer :
C'eſt en vain que Molé prétend le réprimer ;
On condamne à la fois le drame & la défenſe,
Et l'on ne rira pas de cette extravagance?
A ce petit conteur inſpiré par l'ennui,
Sectateur de Cotin, plus mépriſé que lui,
Que nourrit, en un mot, l'état de cabaliſte,
Il ſied bien de juger l'Auteur de Rhadamiſte.

---

(1) Tragédie de Crébillon. La chûte de cette piéce, qui fut redonnée vers le mois de Février 1781, preuve combien le goût de la mauvaiſe Tragédie regne en France.

François, dites encor que ce fiecle hébêté
Pourra faire ébahir notre poftérité,
Quand ce fiecle applaudit à la veuve éplorée,
Que fon robufte amant dérobe à la fumée ;
Quand il trouve charmant un Bramine flatteur
Qui dans de fort durs vers vante un fexe enchanteur.
Des Ecrivains galants le nombre eft-il fi rare ?
D'où provient des François ce goût faux & bifarre ?
Pour leur plaire, faut-il réunir à la fois
Le talent de flatter les femmes & les Rois.

D A M O N.

Defire le fuccès de ce tragique aimable :
Vois tous nos Financiers l'inviter à leur table,
Mille préfents divers lui former un tréfor,
Et le Pérou chez lui rouler fes fables d'or (1).
Çeffe de m'objecter que ce Poëte éphémere
A fafciné les yeux du crédule vulgaire.
Les théatres bourgeois retentiffent encor
De fes illuftres vers, que tu glofes fi fort.
Aujourd'hui des Savants il augmente l'élite,
Et fiege fur le trône où regne le mérite.

L'A u t e u r.

Qu'importe : ces mortels anoblis par Plutus
Sont-ils diftributeurs des lauriers de Phébus ?

____

(1) Je crois que ce vers n'eft pas de moi ; mais je ne me
rappelle pas où je l'ai vu.

De vils agioteurs l'imbécille fuffrage
Prouve-t-il qu'un Auteur a fait un bon ouvrage ?
Orgon fait calculer la valeur de fon bien,
Otez-lui fon argent, il ne connoît plus rien.
Crois-tu qu'un Financier, fouverain de la gloire,
Conduife un Ecrivain au temple de mémoire?
Le Roi de l'Hélicon, pour difpenfer les rangs,
Vient-il dans les Palais quêter fes jugements ?
Non, non : tel eft fêté chez la grande Ducheffe,
Qu'on laiffe croaffer aux marais du Permeffe.
Apollon n'entend pas la voix des protecteurs ;
Il ne s'informe pas fi de lâches Auteurs
Vont dans un anti-chambre, avec un domeftique,
Pour plaire au vieux Marquis, traiter la politique,
Et fi, pour mériter le nom de Favori,
Ils attendent deux mois un *bon jour mon ami* (1).
Peux-tu bien me citer une bourgeoife fcène
Où l'on fait aboyer Thalie & Melpomène,
Où quelques étourneaux, fans goût & fans raifon,
Diftillent froidement leur tragique poifon,
Où Néron travefti joliment s'adonife,
Où Brutus dameret à dix boucles fe frife,

---

(1) Ce qui prouve que nos Gens de lettres ont peu de mérite, c'eft leur lâche affiduité auprès de certains Grands Seigneurs ou Parvenus, qui fe moquent d'eux quand ils font à la toilete de leurs Belles.

Où l'on forme un bûcher avec des tabourets
Efcortés tout au plus de cinq ou fix cotrets ?
Cite donc un théatre où l'on métamorphofe
Les doux vers de Racine en dure & rauque profe ;
Où Crébillon enfin, déchiré par lambeaux,
Semble des cordonniers rapprocher fes héros.
Un fquelette élégant qui fait à peine lire,
Bientôt veut débuter dans Mérope ou Zaïre :
Du pauvre Xipharès la blême majefté
Fait valoir les débris d'un organe affété,
Et ces mâles Romains, dont la ville intrépide,
Dans chaque citoyen poffédoit un Alcide,
Aujourd'hui transformés en damoifeaux charmants,
Sont des héros fans force, ou bien de froids amants.
De tels approbateurs le fougueux affemblage,
Au fommet d'Hélicon place-t-il un ouvrage,
Donne-t-il les brevets de l'immortalité,
Et dicte-t-il des loix à la poftérité ?
Ce ftérile Pradon, qu'aujourd'hui l'on ravale,
Avoit bien fu jadis enfanter fa cabale :
Vois comme maintenant on refpecte fon nom !
Pour dire un plat Auteur, on dit, c'eft un Pradon.

Des Savants, me dis-tu, L**** accroît l'élite,
Et fiege fur le trône où regne le mérite !
Des Savants !... où font-ils ? Un Marquis imprudent
Qui vante fans rougir le drame larmoyant,
Qu'a-t-il fait pour orner le temple académique ?
Il a remis à neuf un livre didactique.

Ce L****, chéri du sexe féminin,
Nous a toujours parlé grec, arabe ou latin ;
Sur un ton ampoulé sa muse hyperbolique
Vante *une femme belle autant qu'académique.*
Melpomène, par fois, de son *poignard tranchant,*
Vient lui tail'er sa plume, & son crayon sanglant.
Les autres, ébahis de leur antique gloire,
Semblent mettre à leurs pieds l'orgueil d'une victoire,
Et prouvent lâchement qu'aujourd'hui le fauteuil
N'est plus, pour les talents, qu'un funeste cercueil.
Le docte Cardinal, qui leur donna naissance,
Au Louvre vouloit-il placer la nonchalance ?
Devroient-ils s'endormir dans les bras du repos,
Et changer leurs lauriers en de honteux pavots,
Eux faits pour gouverner l'empire littéraire,
Et laisser quelquefois éclater le tonnerre
Contre ces Ecrivains dont l'art pernicieux
Introduit dans la France un ton licencieux ?

DAMON.

Quoi ! tu vas mettre au jour cette infâme satyre,
Et tu peux, sans trembler, de tout ainsi médire !
Sais-tu que Despréaux, plus sublime que toi,
Protégé par les Grands, & favori du Roi,
Souvent paya bien cher sa mordante critique ?
On achete toujours le nom de satyrique :

Ecoute,

Écoute, cher ami, je fais des nouveautés
Qui font chérir l'Auteur dans les sociétés ;
Il est fêté par-tout des Belles à la mode,
Sans cesse, pour lui plaire, on cherche une méthode.
Vois l'Auteur du Sa... (1) : ses aimables écrits
Ont fait assez long-temps raffoler tout Paris.
Voilà le sûr moyen de captiver la ville ;
Soupire, en t'amusant, un joli vaudeville.

L'AUTEUR.

Ne me le vantez pas, Damon, où taisez-vous.
Je sens à ce nom seul redoubler mon courroux ;
Je laisse à ce P*** le stérile avantage
De nous féminiser Dorneval & Le Sage (2),
Et de peindre dix fois, en ses vers mal posés,
Des amoureux plaintifs, des peres insensés.
Ce n'est pas que ma muse, injustement critique,
Dédaigne un vaudeville & mordant & caustique ;
Qu'un moderne Ecrivain fasse oublier Panard,
Qu'il démasque le vice, & le fronde avec art,

---

(1) Quand on fut entiérement las de *Janot*, on aima à la folie le Vaudeville. Les Français ne se contentent pas d'une sottise.

(2) Fameux Vaudevélistes. Ils ont fait un grand nombre d'Opéra Comiques, dont chaque Couplet est une Epigramme. C'est-là vraiment le genre du Vaudeville ; dès qu'il n'est pas satyrique, il cesse d'être Vaudeville, & n'est plus qu'une Chanson.

B

Aux corrupteurs du goût qu’il déclare la guerre,
Et donne à nos Seigneurs quelque avis falutaire,
Que ce foit en Chanfons, Romances, Madrigaux,
Ou Lais , ou Virelais, Vaudeville ou Rondeaux,
Peu m’importe : pourvu qu’intrépide Ariftarque
Il grave en ma mémoire une utile remarque.
J’aime un Auteur hardi qui me ménage peu,
Et de ma propre erreur excite en moi l’aveu :
Ses vers font un miroir où mon orgueil expire,
Et de moi-même enfin me contraignent à rire.
Mais un petit rimeur dont l’efprit amoureux
Me parle à chaque inftant fur un ton langoureux,
Et n’offre à mes regards qu’une voluptueufe
Nommée impudemment Meuniere ou Blanchiffeufe,
Loin de me corriger, rallume dans mes fens
Des defirs mal éteints, & toujours renaiffants.
Après de tels excès je craindrois de me plaindre !
Non, non, je rougirois d’avoir pu me contraindre.
Je fais que, fans raifon, du Louvre rejetté,
Je n’ornerai jamais le favant comité ;
Ce n’eft pas le féjour de tout être qui penfe :
Il faut avoir rampé fous la molle indulgence.
Quelle honte, ô François ! ces juges fi puiffants
Que la commune erreur couvre d’un fol encens,
Ne peuvent foutenir (tant leur doctrine eft pure)
Les regards foudroyants que lance la cenfure ;
Et vous, Littérateurs, qui vous croyez des Dieux,
Rougiffez en fongeant qu’un fcrupule odieux

Vous enleva jadis le célebre Moliere :
Rougiſſez encor plus d'avoir reçu L****.
Eh ! quoi, de cette liſte où D**** le eſt inſcrit,
Le nom de Poquelin ſe trouvera proſcrit !
O préjugés ! d'où naît votre indigne puiſſance !
Qu'un mortel n'a-t-il donc étouffé votre enfance !
Je riois autrefois de vos abſurdités ;
Mais je ſens, malgré moi, mes eſprits irrités,
Quand je vois à quel point votre funeſte empire
Dans le cœur des humains fait naître le délire.
Vainement on m'oppoſe une fauſſe terreur,
Je ne puis contenir ma bilieuſe aigreur.
Que le bon goût renaiſſe, & commande à la France ;
Je conſens de garder le plus humble ſilence.
Mais tant que ce P....s aura des partiſans,
Je ne compoſerai que des vers menaçans.
Duſſent tous ces rimeurs exilés du Parnaſſe,
De rage contre moi réveiller leur audace,
Et pour mieux ſe venger de mes efforts divers,
A force de rêver, produire de bons vers ;
Ma muſe, peu ſenſible à leurs foibles outrages,
N'en décrîra pas moins l'Auteur & ſes ouvrages.
Pour moi l'art de Régnier eut toujours des appas.
Voltaire, s'il vivoit, ne m'échapperoit pas.
De l'homme qui n'eſt plus, je reſpecte la cendre,
On peut parler des morts, mais c'eſt pour les défendre.

D A M O N.

N'as-tu donc pour briller que le moyen fatal
De nous cacher le bien, & dévoiler le mal ?
Cet Auteur du P.... ems que ta mufe rejette,
Toujours de Théagène embellit la toilette.
Tu blâmes tant le fiecle & fa ftérilité !
Vit-on jamais régner plus de fécondité ?
Affiches ou Journaux, Gazettes ou Mercure,
Annoncent tous les jours quelqu'aimable brochure,
L'on voit même aujourd'hui le fexe féminin
S'illuftrer fur les pas de l'heureux Poquelin.
Le jeune Pétrowitz vient orner notre plage,
Un livre tout entier célebre fon voyage.
Une augufte naiffance a frappé l'univers,
Phébus infpire tout, & chacun fait des vers....
Chacun eft Philofophe, & chacun Politique,
Chacun eft Orateur, ou Poëte, ou Critique ;
Celui-ci Géometre, & l'autre Phyficien....

L'A U T E U R.

Et le tout bien compté peut fe réduire à rien.
Sans deux ou trois amans, guidés par l'efpérance
De poffléder un jour les appas de Clarence,
Clarence n'eut jamais, en dépit d'Apollon,
Chanté les agréments des prés ou d'un vallon,
Et Zulmé, redoutant la courfe de Virgile,
N'auroit pas célébré le courage d'Achille,

De ces abus, Damon, je ne fuis pas furpris :
Tant d'Auteurs ont chaffé le bon goût de Paris!
La fadaife domine en nos pieces nouvelles.
Delà fe font gliffés ces beaux efprits femelles,
Dont le cerveau léger comme le papillon,
Saute de fleurs en fleurs aux bofquets d'Hélicon.
La Comteffe a produit le plus débile ouvrage;
L'Abbé vient, on lui montre, il donne fon fuffrage :
Ces vers-là font charmans; & plein de fon amour,
Il court les enterrer dans la Feuille du jour.
Je blâme peu cet homme, à la noire jacquete,
D'exalter fans raifon une mufe indifcrete :
Un prochain bénéfice attend mon Orateur,
L'argent fait oublier qu'on peut être cenfeur.
Mais qu'un fot Chevalier, malgré le perfifflage,
Ofe encor nous montrer fon maudit bavardage,
Et que fans refpeéter la France & le Héros,
Il célebre un grand Prince avec des jeux de mots,
Voilà ce qui me choque, ... & ce qui me fait rire ;
Car c'eft Aliboron qui pince de la lyre.
Mais il eft à Paris beaucoup de D**** ais,
Qui produifent toujours, & qu'on ne lit jamais.
Quand le Dauphin naquit, on les a vus paroître,
Ce jour, cher aux François nous les a faits connoître.
Ici.... mais épargnons ces malheureux rimeurs :
Ils ne méritent pas le courroux des cenfeurs.
Je ne fais pas contr'eux éclater le murmure,
Ils n'ont pas dégradé notre littérature.

Ce n'eſt qu'à ces F*****, ſans verve & ſans chaleur ;

Qui ſe donnent par-tout l'illuſtre nom d'Auteur ,

Et penſent qu'Apollon puiſſamment les inſpire ,

Quand ils ont adreſſé trois couplets à Thémire ;

Ce n'eſt qu'à tous ces nains, cités comme géans ,

Que je prétens lancer les traits les plus mordans.

Les Orateurs du jour ſont tous hyperboliques ,

Des gens tout déſœuvrés , voilà nos politiques :

La pareſſe a groſſi leurs flots tumultueux ,

L'Amiral ne fait pas la guerre auſſi bien qu'eux.

Là , Deſtaing eſt blamé d'avoir trop de courage ;

Ici Crillon paroît trop prudent & trop ſage.

Des vieillards ignorans qui n'ont vu que S. Cloud,

Dirigent nos vaiſſeaux vers l'Ouſe ou le Pérou ,

Et confondant par fois Spitzberg & la Tamiſe ,

D'un Général fameux cenſurent l'entrepriſe.

Un Icare nouveau (1), le plus fou des humains ;

Veut frayer aux mortels les céleſtes chemins ,

C'eſt une nouveauté dont il faut qu'on raffole :

L'encens fume aux autels de la nouvelle idole.

Les plus ſots aujourd'hui trouvent des partiſans

Qui leur dreſſent un temple & prodiguent l'encens.

Tant de honteux excès, dont on ne fait que rire ,

Légitiment aſſez l'aigreur de ma Satyre ,

---

(1) Je n'ai pas voulu m'étendre ſur l'article de M. Blanchard , attendu que j'ai été devancé par pluſieurs Critiques.

Et sans chercher trop loin la fin de mon discours,
Que d'illustres rimeurs paroissent tous les jours,
Que P. de Favart mérite la couronne,
Que L., à Racine ose ravir le trône,
Je consens de serrer ma plume & mon pinceau,
Et pour jamais renonce au style de Boileau.

F I N.

MES ADIEUX
A·LA SATYRE.

LA SATYRE, DUCHOSAL.

LA SATYRE.

Jeune homme, écoute.

DUCHOSAL.

      Non : je suis las de vous suivre ;
Adieu.

LA SATYRE.

Tu me suivras, je tiens un mauvais Livre.

DUCHOSAL.

Je le crois ; mais, enfin, ne vous attendez pas
Que j'idolâtre encor vos funestes appas.
Barbare, osez vous bien provoquer ma tendresse,
Quand vous avez flétri ma crédule jeunesse ;
Quand c'est par vos conseils qu'aujourd'hui redouté
Je me vois en tous lieux d'ennemis escorté.

A 2

Encore, ô ma Déeffe! en vous donnant la pomme,
Si l'Ecrivain pouvoit corriger un feul homme,
Le plaifir de venger le bon goût, les vertus,
Et de voir à leur char un citoyen de plus,
Le rendroit infenfible aux fléches de la haîne :
Mais un Auteur glofé que l'amour-propre entraîne,
Pour s'excufer lui-même, eft fertile en détours.
Qui compofe une fois, veut compofer toujours,
Et préfère, entiché de fa verve intraitable,
Les éclats du mépris au néant honorable.
Il fuffit que par fois, chez la Stupidité,
De fon vers maigre & fec l'embonpoint foit vanté,
Les Cenfeurs indignés de l'ennui qu'il infpire
S'arment-ils contre lui du fouet de la Satyre,
Il ira chez Cloris, le foir & les matins,
Diftiler le poifon de fes alexandrins,
Et pour peu qu'on lui prête une attentive oreille,
Il va lire fes vers jufqu'à ce qu'on fommeille.
Lecteur, à ce portrait, tu reconnois P....s ;
Ecoute les difcours de fes lâches amis :
Ils difent hautement que l'erreur nous abufe,
Et l'Auteur fatyrique eft le feul qu'on accufe.

LA SATYRE.

Ne va pas t'arrêter à ces vagues difcours :
De ce torrent fans force il faut braver le cours.
Laiffe tant de S..... (1) glofer ton injuftice ;
Mais ne captive pas ta mufe accufatrice :

---

(1) J'avois d'abord mis, laiffe tant d'ignorants ; mais j'ai
trouvé que le nom de S.... étoit beaucoup plus expreffif.

Le courageux Turenne eſt mort en combattant ;
Toi, combats les Auteurs, & meurs en les ſifflant.

DUCHOSAL.

Non ; je veux loin de moi repouſſer les nuages :
Aſſez & trop long-tems, battu par les orages,
Mon vaiſſeau toujours prêt à naufrager au port (1),
Entr'ouvrit ſous mes pas les gouffres de la mort.
Je vis républicain quand je ſuis au Parnaſſe ;
Sans avoir ſon génie, inconſtant comme Horace,
Je laiſſe, comme lui, mon volage Apollon
Errer de fleurs en fleurs ſur le double vallon.
Aujourd'hui Melpomène a captivé ma lyre,
Demain L..s de B..ſy m'invite à la ſatyre,
Et l'on m'a vu ſouvent marier en un jour
Uranie à Momus, & Minerve à l'Amour.
C'eſt ainſi que fidèle à ma ſeule inconſtance,
Je finis rarement, & toujours je commence.
Je ne vous connois point, déchirantes vapeurs,
Qui troublez quelquefois le cerveau des Auteurs ;
Eh ! que m'importe, à moi, ſi mon ſiécle imbécille
Couronna de lauriers l'enfantin Vaudeville,
Et du bateau volant dirigé par Blanchard (2)
Attribuer la courſe & le vol au haſard.

---

(1) Il faudroit à la rigueur ſe naufrager ; mais j'ai cru que le ſe pouvoit raiſonnablement ſe retrancher dans cette occaſion.

(2) Dans les Exilés du Parnaſſe, je critique M. Blanchard : dans mes Adieux à la Satyre, je prends ſa défenſe, & je ne crois pas que l'on puiſſe m'accuſer d'être inconſéquent.

(6)

A ma tranquillité faut-il que je m'oppofe ?
Que chacun maintenant, pour défendre fa caufe,
Porte, chez fes rivaux, la fureur des combats.
Pour moi, calme & tranquille au milieu des débats
Je faurai dédaigner la douleur mercenaire
D'un Journalifte armé par l'appât du falaire.
On ne me verra plus, Don-Quichote nouveau,
Pour réparer les torts, altérer mon cerveau.
A quoi bon de ma bile exhaler l'amertume,
Et toujours dans le fiel vouloir tremper ma plume ?
Dois-je, aux yeux de la France & des Peuples voifins,
Garantir les écrits de mes contemporains ?
Non, non : l'on voit encore l'Efpagne & l'Angleterre
S'incliner humblement au feul nom de Voltaire,
Et dans la France même on n'a jamais connu
Ce poétique effaim, de talens dépourvu,
Qui toujours chantonnant des couplets narcotiques,
De fes vers affaffins va peupler les boutiques.
Laiffons dormir en paix ces Auteurs inhumés ;
Qu'ils prodiguent par-tout leurs difcours imprimés,
Leur nom mis à la tête en fera la fatyre,
Et plus ils produiront, moins on voudra les lire.
Ce n'eft point en glofant qu'on détruit les excès :
Par un écrit meilleur on détruit un mauvais.
En vain, dans fes formats embellis de vignettes,
Didot (1) croit à l'oubli dérober ces Poëtes,

M. Blanchard a fait des prodiges depuis dix-huit mois ; fes
tentatives antérieures, quoique louables, me paroiffoient alors
contraires aux loix de la Méchanique.

(1) Fameux Imprimeur.

Dont les difcours moraux, par le bon fens profcrits,
Richement imprimés, & pauvrement écrits,
Pour un fexe trop foible ont quelquefois des charmes;
Mais fouvent au Libraire ont coûté bien des larmes.
Laiffons le fol orgueil d'un livre buriné
A l'Ecrivain qui meurt auffi-tôt qu'il eft né.
Nous le verrons bientôt, honteux de fa parure,
Redouter le deftin du pauvre Abbé de Pure,
Et craignant d'y trouver des feuillets tout entiers,
Il paffe, en rougiffant, devant les Epiciers.
Je fais que l'on pourroit, armé de la férule,
Trouver d'amples moiffons au champ du ridicule.
Tant de froids perroquets, tant d'infectes penfeurs
Font gémir fans pitié la preffe & les Lecteurs!
Mais que vingt B..... arrachent les fuffrages;
Ils font affez punis par leurs propres Ouvrages.
Je ne puis me réfoudre à troubler mon repos
Pour flétrir des flétris & combattre des fots.
De l'obfcur B..... laiffons mourir la cendre;
Mes rimes auffi bas ne voudroient point defcendre.
Puis, quel fera le fruit de mes pamphlets mordans?
Quand ils verront le jour, j'aurai perdu mon tems
A divulguer cent noms que le Public ignore.
Qu'a donc fait celui-là ? — Qu'a fait cet autre encore?
— A quoi bon critiquer ce mince rédacteur?
Il broche des Journaux ; mais il n'eft pas Auteur :
— Pardonnez-moi, Meffieurs, il a fait deux cents fables;
Même, dans fon Recueil, j'en fais deux fort paffables;
Moutard ne les vend pas; mais un livre excellent
Peut, fans ternir l'Auteur, pourrir chez le Marchand :

On le voit tous les jours ; demandez à Vix....ze,

Il ne vend cependant l'ennui que par in-douze.

Ainſi toujours en proie à d'importuns diſcours ,

Je me verrois contraint de répondre toujours ....

LA SATYRE.

Eh ! qu'importe ? réponds, mais critique.

DUCHOSAL.

Déeſſe,

Permettez que ma muſe épargne la foibleſſe ;

Je ne veux plus m'armer d'un vers intolérant :

Ne troublons point des morts le concours ignorant.

J'aurois dit à P .... s'il exiſtoit encore,

Qu'il brillla dans la nuit ainſi que le phoſphore ;

Mais qu'enfin aſſommant & la Ville & la Cour,

Il glaça tout Paris des feux de ſon amour.

J'aurois dit au frocard qui criant au ſcandale ,

Fait par ſouſcription circuler la morale ,

Qu'il a tort de ſinger Socrate & Cicéron ,

Qu'il reſſemblé à Cotin, & non pas à Caton.

J'aurois dit ...., mais pourquoi combattre l'ignorance ?

Son règne va finir. On dit que dans la France ,

Au lieu de ce portique appellé Muſæum,

LOUIS va rétablir l'antique Athénæum (1).

Là, chaque Auteur forcé de briguer les ſuffrages,

A des Juges inſtruits ſoumettra ſes Ouvrages ;

---

(1) Suétone en parle dans la vie du barbare Caligula. *Voyez*
au chap. 20. *Voyez* auſſi la deſcription de l'Athénæum dans la
Preface de l'Hiſtoire de France , par l'Abbé de Vély.

Là, dit-on, il faudra que les Auteurs flétris
Avec leur propre langue effacent leurs Ecrits,
Les fots n'échapperont à cette jufte peine
Qu'en allant du Pont-Neuf s'engloutir dans la Seine,
Ne nous irritons pas, Déeffe : vous voyez
Combien d'écrits de moins, & que d'Auteurs noyés!
S'il faut qu'on exécute un projet fi funefte,
Je vois de nos M . . . . périr les triftes reftes :
Je vois déjà pâlir les Auteurs du Journal.
Ah! combien cet Arrêt leur deviendra fatal !
Et que vont devenir ces jeunes Ariftarques
Qui gonflent les cafés du vent de leurs remarques?
Que vas tu devenir, petit differtateur,
Qui d'un ftyle glacé, décrivit la chaleur?
Vous allez tous mourir ou garder le filence,
Rédacteurs ennuyeux des plaifirs de la France.
Le même fort pourfuit ces Auteurs indécens
Qu'admira la Sottife & fiffla le Bon-Sens ;
Il pourfuit B . . . . Rad . . . . P . . . . & Fa . . . re.
Mais, adieu : je viendrai vous voir fans doute encore;
Je vois écrire A . . . . La C . . . . & R . . . ou,
Et je vais les attendre aux filets de Saint Cloud (1).

---

(1) Il faut, pour comprendre cette plaifanterie, fe rappeller
que précédemment j'ai dit :

Les fots n'échapperont à cette jufte peine
Qu'en allant du Pont-Neuf s'engloutir dans la Seine.

Fin de mes Adieux.

POSTFACE.

Cette nouvelle édition des Exilés du Parnasse ne diffère point de la première; je sais bien qu'elle est remplie d'un assez grand nombre de taches que j'aurois pu faire aisément disparoître : par exemple, je n'ignore pas que plusieurs rimes doivent choquer l'oreille d'un Lecteur un peu délicat : le couplet contre les Philosophes est trop foible ; parce que MM. Palissot, Gilbert ont traité le même sujet de la manière la plus énergique. Mes couleurs sont pâles, tandis que la beauté de leur tableau frappe, étonne : en un mot, ils volent dans la même carrière où je me traîne avec une béquille. Dans le reste de cet Ouvrage, il me semble que j'ai été plus heureux. Je ne me suis point appesanti sur des lieux communs; j'en appelle aux ennemis les plus outrés de mes vers. Depuis l'Auteur du Misanthrope , on s'étoit rarement avisé de faire le portrait du Parterre , & certes l'on ne m'accusera pas d'avoir composé une tirade inutile; le succès des plus insipides rapsodies n'a que trop justifié ma censure. L'article du Vaudeville n'avoit été traité par aucun Auteur. J'ai fait plus ; en donnant la critique, j'ai donné la règle. J'ai soutenu , comme je soutiens encore, que le Vaudeville doit être mordant. Quelle différence alors mettrez-vous donc entre un Vaudeville & une Chanson ? On fait des Chansons quand on n'a pas assez d'esprit pour faire des Vaudevilles. Lisez Panard, dans ses Epoux réunis, le

Foſſé du Scrupule, le Rêve, la Pièce à deux Acteurs ; que d'épigrammes, que de bons-mots contre tous les états de la ſociété ! M. de P.... auroit beau me ſupplier d'écrire encore cent Lettres dans le Journal de Paris (1), que ſes Opéra-Bouffons n'en ſeroient pas moins des Pièces inſipides & monotones. M. Collé, M. le Chevalier de B...., Piron, le Sage ont fait des Vaudevilles vraiment agréables & piquants ; mais M. de P.... n'a fait que des riens ; il a eu des imitateurs qui n'ont, comme lui, fait que des riens ; tous ceux qui lui reſſembleront ne compoſeront jamais que des riens, & ne ſeront même pas dignes de figurer au rang des plus mauvais parodiſtes. Ils ſeront de ces gens à qui, comme a dit un Comique moderne, il ne manque qu'un peu d'eſprit pour être des Auteurs médiocres.

En commençant *mes Adieux à la Satyre*, j'avois réſolu de renoncer pour jamais à ce genre qui malheureuſement eſt devenu ridicule chez un peuple lâche & efféminé. Mais bientôt les erreurs multipliées d'un ſiécle qui n'aime rien, parce qu'il aime tout, l'impudence outrée des petits - maîtres qui jugent tout, parce qu'ils ne ſavent rien, d'éternels faiſeurs de ſouſcriptions d'un côté, de l'autre des Libraires qui écument, pour ainſi dire, le

____

(1) M. de P ** prétendit que pluſieurs de mes vers laiſ-ſoient quelque doute ſur la pureté de ſes mœurs. Pour le ſatisfaire, je voulus bien céder à ſes inſtances ; & dans ma lettre que je fis inférer dans le Journal de Paris, du 26 Février 1783 , je développai le ſens de cette maxime de Molière :

On peut être honnête homme , & faire mal des vers.

fang des Gens dé Lettres, en écrafant le Public du poids de leurs petits formats ; là des compilateurs philo-fophes (qui feroient de très-grands hommes fi Platon, Ariftote & Socrate n'euffent jamais vécu) ; ici l'opulence des ignorans les plus méprifables, & la mifère des grands hommes qui honorent notre Monarchie, ont rallumé dans mon cervéau tous les feux de la fatyre. O mes concitoyens ! ne me faites pas l'injure de me regarder comme un homme méchant; je ne fuis que trop fen fible. L'injuftice eft une idole que je ne puis voir, & que je ne verrai jamais, fans me fentir toujours prêt à la tenverfer avec fureur : voilà tout mon crime.

Oh ! combien de fois j'ai maudit le jour où je fus agité du démon de la gloire! Dans la même coupe où je croyois boire l'eau pure de l'Hypocrène, je n'ai bu que le fiel amer des dégoûts. O mes concitoyens ! c'eft encore à votre Tribunal que j'en appelle. Soyez les confidens de mes rêveries philofophiques. Avant d'ache-ver l'Ouvrage que je vous préfente, une efpèce d'apa-thie avoit glacé tous mes fens. Tant d'Ecrivains ftupides qui déshonorent chaque jour la République des Lettres, avoit fait naître en moi le projet de renoncer entiérement au titre d'Auteur, & de réduire mon Apollon à un filence éternel; mais les infultes réitérées des Follicu-laires, une réputation légère que je ne puis fans honte abandonner à fa médiocrité, tout femble m'ordonner d'écrire encore, & comme le Métromane,

> Le parti qui me refte eft de rentrer en lice,
> Sans que jamais je fonge à la défemparer,
> Que je ne force, enfin, à venir m'admirer.

Une Comédie qui doit refter cachée fous le voile de l'anonyme jufqu'à la douzième repréfentation (fi toutefois elle n'expire pas à la première), un Ouvrage fort long fur l'origine de la décadence des Lettres (1), voilà les titres dont je vais m'armer inceffamment. J'avois encore bien des chofes à dire; mais j'attends une occafion plus favorable ; car malgré les dégoûts les plus affreux, je reffemble au malheureux Ovide :

Ego conftanter ftudium non utile carpo ;
Et repeto, nollem quas voluiffe, deas.

» Je m'attache opiniâtrément à l'étude dont je ne
» retire aucune utilité, & je renoue commerce avec les
» Mufes, que je ne voudrois jamais avoir cultivées ».

———

(1) Cet Ouvrage eft d'autant plus long à compofer, qu'il me faut néceffairement dévorer l'ennui qu'infpire fouvent le fempiternel Jules-Céfar, Scaliger, & quarante autres volumes, où quelques bonnes phrafes fe trouvent noyées dans trois ou quatre volumes *in-folio.*

FIN.

www.ingramcontent.com/pod-product-compliance
Ingram Content Group UK Ltd.
Pitfield, Milton Keynes, MK11 3LW, UK
UKHW021653090726
13657UKWH00004B/1935